To the Reader . . .

The books in this series include Hispanics from the United States, Spain, and Latin America, as well as from other countries. Just as your parents and teachers play an important role in your life today, the people in these books have been important in shaping the world in which you live today. Many of these Hispanics lived long ago and far away. They discovered new lands, built settlements, fought for freedom, made laws, wrote books, and produced great works of art. All of these contributions were a part of the development of the United States and its rich and varied cultural heritage.

These Hispanics had one thing in common. They had goals, and they did whatever was necessary to achieve those goals, often against great odds. What we see in these people are dedicated, energetic men and women who had the ability to change the world to make it a better place. They can be your role models. Enjoy these books and learn from their examples.

Frank de Varona
General Consulting Editor

General Consulting Editor
Frank de Varona
Associate Superintendent
Bureau of Education
Dade County, Florida, Public Schools

Consultant and Translator
Gloria Contreras
Professor of Education
College of Education
University of North Texas

Library of Congress number: 88-39314

Library of Congress Cataloging in Publication Data

Thompson, Kathleen
 Diego Rivera / Kathleen Thompson & Jan Gleiter.
 —(Raintree Hispanic stories)
 English and Spanish.
 1. Rivera, Diego, 1886–1957—Juvenile literature. 2. Artists—Mexico—
Biography—Juvenile literature. I. Gleiter, Jan, 1947– . II. Title. III.
Series: Thompson, Kathleen. Raintree Hispanic Stories.
N6559.R58T46 1988   759.972—dc19   [B]   [92]   88-39314

ISBN 0-8114-8481-5 hardcover library binding

ISBN 0-8114-8464-5 softcover binding

 5 6 7 8 9 0   96 95 94 93

DIEGO RIVERA

Jan Gleiter and Kathleen Thompson
Illustrated by Yoshi Miyake

RSVP
RAINTREE
STECK-VAUGHN
P U B L I S H E R S
The Steck-Vaughn Company

Austin, Texas

On December 8, 1886, Diego Rivera was born in the town of Guanajuato in central Mexico. Diego's parents had wanted children very badly and when he was born, Diego's father cried with joy.

When Diego was a year and a half old, he became thin and weak. The doctor told Diego's mother that he should be sent to live a healthy, outdoor life in the country. Diego's parents agreed, so for the next two years he lived in the mountains of Sierra with his Indian nurse, running and playing in the forest. By the time he returned to his parents, he was strong and healthy.

Diego Rivera nació el 8 de diciembre de 1886 en la ciudad de Guanajuato en la parte central de México. Sus padres ansiaban tener hijos y cuando Diego nació su padre lloró de alegría.

Cuando Diego cumplió un año y medio, se adelgazó y se puso muy débil. El doctor le dijo a su madre que debía mandarlo al campo a vivir una vida sana y al aire libre. Los padres de Diego estuvieron de acuerdo, de tal manera que durante los siguientes dos años vivió en la sierra con su nodriza indígena corriendo y jugando en el bosque. Cuando regresó con sus padres estaba fuerte y sano.

Diego began drawing when he was barely old enough to hold a pencil. A drawing of a train that he did when he was three years old contains details that most children that age would never even have noticed. He drew on everything—walls, doors, and furniture, as well as paper. To keep the rest of the house safe, his father set aside a room in which Diego could draw on anything he wanted. In this room, he made his first wall paintings, or murals.

When Diego was six, his family moved to Mexico City. At the age of eight, he started school for the first time. Due to his age, he was put into the third grade. But he had learned so much from his father, who had been a teacher and school inspector in Guanajuato, that he was soon skipped to the sixth grade.

Diego empezó a dibujar cuando apenas podía sostener un lápiz. Un dibujo de un tren que realizó cuando tenía tres años mostraba detalles que no hubieran notado niños de esa misma edad. Él dibujaba en todo—en las paredes, las puertas y los muebles e incluso en papel. Para proteger el resto de la casa, su padre le apartó una habitación para que Diego dibujara en lo que quisiera. En ese cuarto, hizo sus primeros dibujos en las paredes, o sea, murales.

Cuando Diego tenía seis años, su familia se mudó a la ciudad de México. A los ocho años ingresó a la escuela por primera vez. Debido a su edad, lo pusieron en tercer año. Pero había aprendido tanto de su padre, quien había sido maestro e inspector de escuelas en Guanajuato, que pronto lo promovieron al sexto año.

When Diego was thirteen, he entered the San Carlos School of Fine Arts. There he learned many of the things an artist must learn, such as how to draw or paint a picture so that it accurately shows distance. He was an excellent student although he disliked some of the tasks he was given, such as drawing or painting pictures of famous statues. Still, he did this so well that most people who looked at his painting of a statue of Saint Peter would think they were seeing a photograph of the statue itself.

At San Carlos, Diego discovered a kind of art that was new to him. It was the work of Mexican artists from the time before Spain conquered the Mexican Indians. This art showed people at work, the land, and animals. It seemed to Diego to be filled with emotion—hope, joy, fear—and it showed what life had really been like for these people. Diego was fascinated by it. A great love of this art can be seen in much of his work.

Cuando Diego tenía trece años, ingresó a la Escuela de Bellas Artes de San Carlos. Allí aprendió muchas de las cosas que un artista debe aprender, tales como dibujar o pintar un cuadro que muestre la distancia con exactitud. Diego era un alumno sobresaliente aunque no le gustaban algunas de las tareas que le daban, como dibujar o pintar cuadros de estatuas famosas. Sin embargo, hacía esto tan bien que la mayoría de las personas que vieron su pintura de la estatua de San Pedro creían ver una fotografía de la misma estatua.

En San Carlos, Diego descubrió cierto género de arte nuevo para él. Era el trabajo de artistas mexicanos anteriores a la época en que España conquistaba a los indígenas mexicanos. Este arte mostraba a gente trabajando, las tierras y los animales. Le parecía a Diego lleno de sentimientos—de esperanza, de alegría, de miedo—y representaba lo que en realidad había sido la vida para estas gentes. Diego estaba fascinado con esto. Un gran cariño por este arte se puede apreciar en muchas de sus obras.

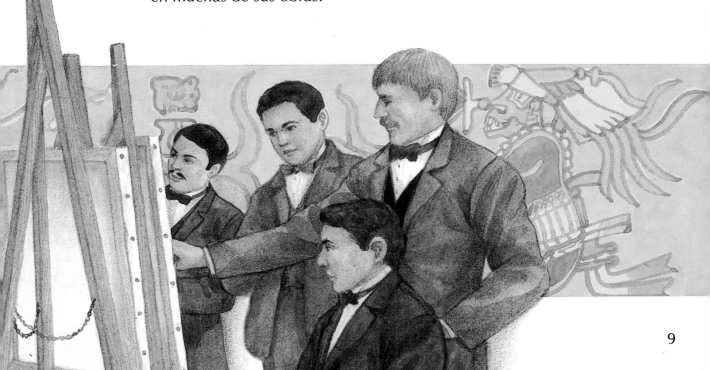

Diego's father had always had strong feelings about how things should be. He thought that business owners and the government were often unfair to people. He talked about these things and wrote articles about them. It is not surprising that Diego was a rebel, like his father, from the time he was a young child.

Diego's political feelings got him into trouble more than once. He believed, as did many Mexicans, that Mexico's president, Porfirio Díaz, was a cruel dictator. In 1902, Diego led a student strike to protest Díaz's reelection.

Also in 1902, the great Mexican artist who called himself Dr. Atl returned from Europe. He worked with many young artists and filled Diego with the desire to study and work in Europe. Diego was excited when he received money for such a trip from the governor of Veracruz. In late 1906, at the age of twenty, he left for Spain.

El padre de Diego siempre se mantenía firme en sus sentimientos acerca de cómo debía funcionar la sociedad. Creía que el gobierno y los dueños de negocios frecuentemente eran injustos con las personas. Hablaba y escribía artículos acerca de este tema. No es sorprendente que, desde su niñez, Diego fuera rebelde como su padre.

Los sentimientos políticos de Diego le causaron problemas más de una vez. Creía, así como muchos mexicanos, que el presidente mexicano Porfirio Díaz era un dictador cruel. En 1902 Diego dirigió una huelga estudiantil para protestar la reelección de Díaz.

También en 1902, el gran artista mexicano que se hacía llamar el Dr. Atl regresó de Europa. Él trabajó con muchos de los artistas jóvenes y colmó a Diego con el deseo de estudiar y trabajar en Europa. Diego estaba muy emocionado cuando recibió el dinero para tal viaje del gobernador del estado de Veracruz. A fines de 1906, a la edad de veinte años, salió para España.

In Spain, Diego learned how to paint in the Spanish style of that time. However, he felt that it was too exact and did not allow him to express himself.

In 1909, after two years of work in Spain, Diego moved to France and settled in Paris.

One morning, while exploring the city, he passed an art gallery that had a painting in the window by the French painter Cézanne. He stood on the sidewalk and stared at it for several hours. Finally, the gallery owner replaced the painting with another by Cézanne. Again, Diego stood as if rooted to the spot. Another painting was substituted, and then another. Finally, late at night, when the gallery owner shouted that he had no more Cézanne paintings, Diego went home.

En España, Diego aprendió a pintar al estilo español de aquel tiempo. Sin embargo, creía que era muy exacto y que no le permitía expresarse.

En 1909, después de haber trabajado en España dos años, Diego se mudó a Francia y se estableció en París.

Una mañana, paseándose por la ciudad, vio una galería de arte que tenía en la vitrina una pintura del pintor francés Cézanne. Se detuvo en la acera y la miró fijamente por algunas horas. Finalmente el dueño de la galería reemplazó la pintura por otra de Cézanne. Nuevamente, Diego se quedó como plantado. Otra pintura fue reemplazada y luego otra. Al fin, ya muy de noche, Diego se fue a su casa cuando el dueño de la galería le gritó que ya no tenía más pinturas de Cézanne.

Porfirio Díaz

In Paris, Diego went to museums and lectures and set up his easel by the Seine River to paint. But, even though he was learning and growing as an artist, he began to feel homesick for Mexico. In 1910, he decided to visit his native country.

Back in Mexico, Diego realized how different it was from Europe. In Europe, he had painted pictures of light-skinned people in front of dark backgrounds. In Mexico, the land seemed to give off light, and the people were dark against that glowing background. Diego began to paint landscapes. He felt a burning need to express what he saw and felt about Mexico, to be a truly Mexican artist.

En París Diego asistía a museos y conferencias y llevó su caballete junto al río Sena para pintar. Pero aunque estaba aprendiendo y desenvolviéndose como artista, empezó a sentir nostalgia por México. En 1910 decidió visitar su país.

De vuelta en México, Diego se dio cuenta de lo diferente que era de Europa. En Europa había pintado cuadros de personas de piel clara con fondos oscuros. En México la tierra parecía dar luz y la gente era morena contra aquel fondo luminoso. Diego empezó a pintar paisajes. Sintió el fervor de expresar lo que veía y sentía acerca de México, de ser un verdadero pintor mexicano.

Diego Rivera also felt the need to join the fight against President Díaz. He looked around him and saw again that the poor had no land while the rich owned everything. He believed that the people who worked so hard on the land should own some of it. He designed large posters that expressed this idea and handed them out to the poor. Under the paints in his paintbox, he hid ammunition, which he carried to revolutionary fighters.

The rebel fighters encouraged Diego to stay in Mexico and fight along with them. But he knew that he still had much to learn as an artist, and being an artist was what he wanted most. By the fall of 1911, he was back in Paris.

Diego Rivera también sintió la necesidad de incorporarse a la lucha en contra del presidente Díaz. Vio a su alrededor y notó nuevamente que los pobres no tenían tierras mientras los ricos eran los dueños de todo. Creía que la gente que trabajaba tan duro debía poseer algunas tierras. Él diseñó grandes carteles que expresaban esta idea y se los daba a los pobres. En su caja de pinturas, debajo de las pinturas, escondía municiones que les llevaba a los revolucionarios.

Los rebeldes animaban a Diego a permanecer en México a luchar a su lado. Pero él sabía que aún le quedaba mucho por aprender como artista, y quería ser artista más que nada. Para el otoño de 1911, estaba de regreso en París.

During the next several years, Rivera experimented with many styles of painting. He worked for a while in a style called cubism. He became good friends with another painter, Pablo Picasso. In 1917, Rivera became interested in painting murals.

Rivera felt strongly that art should be available to people. He wanted to do paintings that people could see—all people, not just those who had the time to go to art galleries or the money to own pieces of art. He wanted to paint on the walls of schools, railroad stations, and other public buildings.

Durante los años siguientes, Rivera experimentó con muchos estilos de pintura. Trabajó por un tiempo con un estilo llamado cubismo. Se hizo buen amigo de otro pintor, Pablo Picasso. En 1917 Rivera se interesó en pintar murales.

Rivera verdaderamente sentía que el arte debía estar al alcance de la gente. Quería producir pinturas que la gente pudiera ver—toda la gente, no solamente la gente que tenía tiempo de ir a las galerías de arte o el dinero para comprar piezas de arte. Quería pintar en las paredes de las escuelas, las estaciones de ferrocarril y otros edificios públicos.

Other painters that Rivera knew wondered how serious he was about his ideas. After all, he had so far painted only on canvases, like the rest of them. He had no examples of this new kind of art.

Rivera realized that they were right and that he had to show what he meant, show it in his work. He had to leave cubism behind and paint what he knew and felt. And what he knew best and felt most strongly about was Mexico.

Rivera had become rather well known by this time. The art dealer who sold his work was angry that Rivera wanted to develop a new style. He argued with him and told him that he would not be a success at something new. But Rivera was determined. He began to work at getting other people's ideas out of his head and developing his own style.

Otros pintores que Rivera conocía se preguntaban si fueran serias sus ideas. Después de todo, él había pintado solamente en lienzo igual que ellos. No tenía muestras de esta clase de arte nuevo.

Rivera se dio cuenta de que tenían razón y que él tendría que demostrar lo que quería decir, tendría que mostrarlo con su trabajo. Tuvo que dejar el cubismo y pintar lo que conocía y sentía. Era México lo que conocía mejor y de lo que se sentía más firme.

En esta época Rivera ya era bastante conocido. El representante que vendía sus obras estaba enfadado porque Rivera quería desarrollar un nuevo estilo. Discutió con él y le dijo que no tendría éxito con algo nuevo. Pero Rivera estaba resuelto. Empezó a tratar de quitarse de la cabeza las ideas de otras gentes y de desarrollar su propio estilo.

In 1919, Rivera left France for Italy to study the murals of the old masters. For seventeen months, he sketched these wall paintings. Finally he felt that he was ready to work at home in Mexico.

His return to Mexico made him extremely happy. He felt as if he had re-entered a world where the colors were clearer and richer than anywhere else. He began to paint as naturally as he breathed. He got jobs painting murals on walls at the University of Mexico, the Ministry of Education, the Agricultural College at Chapingo, and other places.

En 1919, Rivera salió de Francia para Italia a estudiar los murales de los grandes maestros. Durante diecisiete meses dibujó estos murales. Al fin decidió que ya estaba listo para trabajar en su casa en México.

Su regreso a México lo hizo sumamente feliz. Se sentía como si hubiera vuelto a entrar a un mundo donde los colores eran más claros y más ricos que en ningún otro lugar. Empezó a pintar tan naturalmente como respiraba. Consiguió trabajos pintando murales en paredes de la Universidad de México, el Ministerio de Educación, el Colegio de Agricultura en Chapingo y en otros lugares.

This new work by Rivera was beautiful. But it was more than that. Everything he painted had meaning. He showed workers weaving, mining, and farming. But he showed what their lives were really like. He showed them, for example, entering a mine in one panel and then coming out in another, weary and exhausted. He painted a country schoolteacher at her work while armed peasants stood guard to protect her and the children. He painted rebel soldiers.

Rivera showed the hardness of life, but he also showed its joy. He put dances, weddings, and fiestas into his murals. His art always glorified love and work and criticized cruelty and laziness.

Este nuevo trabajo de Rivera era hermoso. Pero era aún más. Todo lo que pintaba significaba algo. Pintaba trabajadores tejiendo, extrayendo minerales y cultivando la tierra. Pero enseñaba cómo eran sus vidas en realidad. Los mostraba, por ejemplo, en un panel, entrando a una mina y, por otro panel, saliendo ya cansados y agotados. Pintó a una maestra rural dando clases mientras los campesinos armados vigilaban para protegerla a ella y a los niños. También pintaba soldados rebeldes.

Rivera no sólo mostraba la rudeza de la vida sino también demostraba sus alegrías. Ponía bailes, bodas y fiestas en sus murales. Su arte siempre alababa el amor y el trabajo y criticaba la crueldad y la pereza.

Rivera's murals often took years to complete. He sometimes started on the planning stage of one, then worked on another, and then moved back to the first. The mural that he painted on the stairway at the National Palace was begun in 1922 but was not completely finished until 1955.

As the years went by, Diego Rivera became known all over the world. In 1930, he began work on a mural at the California Fine Arts School in San Francisco. In 1931, there was a show of one hundred fifty of his oils, pastels, and watercolors at the New York Museum of Modern Art. He was invited to work in Russia. But no matter where he traveled and how involved he became in the work he was doing there, he always returned to Mexico.

Los murales de Rivera frecuentemente necesitaban de años para completarse. A veces empezaba a planear uno, luego trabajaba en otro, y luego regresaba al primero. El mural que pintó en la escalera del Palacio Nacional lo inició en 1922, pero no fue completamente terminado sino hasta 1955.

Mientras pasaban los años, Diego llegó a ser muy conocido por todo el mundo. En 1930 empezó a trabajar en un mural en la Escuela de Bellas Artes de California en San Francisco. En 1931 hubo una exhibición de ciento cincuenta de sus óleos, pasteles y acuarelas en el Museo de Arte Moderno de Nueva York. Lo invitaron a trabajar en Rusia. Pero no importaba adónde viajara ni lo absorto que estuviera en el trabajo que realizaba, siempre regresaba a México.

Not everyone liked Rivera's work. Business leaders frequently objected to the sympathy his work showed for workers. Political leaders criticized the idea of revolution that was often present in his murals. It was sometimes necessary to protect Rivera's work from people who thought it was too critical of the rich and powerful.

There were other objections to Rivera's work, too. On the mural that he did at the Art Institute in Detroit, Rivera showed the industry of that city. He had always been fascinated by machines, and he threw himself into this mural with great interest and energy. He painted the events of the workers' day, factories and chemical plants, huge conveyor belts, pipes, and tubes. Some people said he had "painted a poem to ugliness." They wondered why he had not painted something beautiful. But Rivera thought work was beautiful. And many people—the assembly line workers, the engineers, the scientists, the teachers—agreed.

No a todos les gustaba el trabajo de Rivera. Los patrones se oponían muy seguido a su obra en la cual mostraba compasión por los trabajadores. Los líderes políticos criticaban la idea revolucionaria que muy a menudo se representaba en sus murales. A veces era necesario proteger la obra de Rivera de la gente que pensaba que criticaba demasiado a los ricos y poderosos.

También había otras objeciones a su trabajo. En el mural que produjo en el Instituto de Arte en Detroit, Rivera mostró la industria de esa ciudad. Siempre le habían fascinado las máquinas, y se dedicó a pintar ese mural con gran interés y energía. Pintó la rutina diaria de los trabajadores, las fábricas y los talleres de productos químicos, las enormes correas transportadoras, las cañerías y los tubos. Algunas personas decían que había "pintado un poema a la fealdad". Se preguntaban por qué no habría pintado algo bonito. Pero para Rivera el trabajo sí era hermoso. Y mucha gente—los trabajadores de fábricas, los ingenieros, los científicos, los maestros—estaban de acuerdo.

Rivera was a political man as well as an artist. He took an active role against the Nazis before and during World War II. For much of his adult life, he was a member of the Communist Party. His beliefs were strong and he acted on them. This did not always make him popular, but no one could accuse him of being insincere.

Diego Rivera always tried to use his work to show his view of the world as it is and was—with all its facts and with all its emotions. He also had a vision of the world as he thought it should be—a world of equality, of work, of beauty, and of peace. Everything he did, until his death in 1957, shows both his view and his vision. It is that view and that vision, as well as the incredible talent of the man, that made Diego Rivera a great painter.

Rivera se dedicaba tanto a la política como al arte. Tomó parte activa contra los nazis, antes y después de la Segunda Guerra Mundial. Durante la mayor parte de su vida adulta, perteneció al Partido Comunista. Sus creencias eran firmes y las llevaba a cabo. Esto no siempre lo hacía popular, pero nadie lo podía acusar de no ser sincero.

Por medio de sus obras, Diego Rivera intentaba mostrar cómo veía el mundo, tal como es y como era, con todos los hechos y las emociones. También tenía una visión del mundo como creía que debía ser—un mundo de igualdad, de trabajo, de belleza y de paz. Todo lo que él hacía, hasta su muerte en 1957, demuestra tanto su imagen como su visión. Esa imagen y esa visión, junto con el increíble talento del hombre, hacían de Diego Rivera un gran pintor.

GLOSSARY

cubism An abstract style of art that often utilizes geometric shapes and depicts several views or aspects of a subject at the same time.

easel A wooden frame commonly used to support an artist's canvas.

landscape A painting, or other work of art, that depicts an area's natural scenery.

mural A large painting on a wall or ceiling of a building or other structure.

pastel A drawing, often in pale colors, made with chalklike sticks.

watercolor A painting made with paints that use water as their liquid base.

GLOSARIO

acuarela Pintura que se hace con colores diluidos en agua.

caballete Soporte en que descansa el cuadro que se pinta.

cubismo Escuela artística en que se suele representar los objetos por formas geométricas, a veces mostrando varias perspectivas o aspectos del tema.

mural Pintura colocada sobre una pared o un techo de un edificio u otra estructura.

paisaje Pintura o dibujo que representa la naturaleza de una región.

pastel Lápiz de una materia colorante amasada con agua de goma. Dibujo hecho con este lápiz.